W. Brocking

Das Rätsel der eisernen Maske und seine Lösung

W. Brocking

Das Rätsel der eisernen Maske und seine Lösung

ISBN/EAN: 9783743380011

Hergestellt in Europa, USA, Kanada, Australien, Japan

Cover: Foto ©Andreas Hilbeck / pixelio.de

Manufactured and distributed by brebook publishing software (www.brebook.com)

W. Brocking

Das Rätsel der eisernen Maske und seine Lösung

Das Rätsel der Eisernen Maske und seine Lösung.

Gemeinverständliche Darstellung

von

Dr. phil. W. Bröcking.

Wiesbaden.
Verlag von Lützenkirchen & Bröcking.
1898.

Alle Rechte vorbehalten.

Vorwort.

Die vorliegende kleine Schrift ist hervorgegangen aus einem Aufsatze, den ich im Märzheft des Jahrganges 1897/98 der Zeitschrift „Alte und Neue Welt"*) veröffentlicht und sodann teilweise umgearbeitet und auf Grund neuen Materials erweitert habe. Da die Frage nach der Persönlichkeit des „Mannes mit der eisernen Maske" seit ihrem ersten Auftauchen auch beim deutschen Publikum das lebhafteste Interesse gefunden hat und da sie erst durch die französische Forschung unserer Tage, vor allem durch die Untersuchungen Franz Funck-Brentanos, zum endgültigen Abschluß gebracht worden ist, so wird, wie ich hoffe, die nachfolgende gemeinverständlich gehaltene Darstellung, die sich vorzugsweise an die Veröffentlichungen des genannten französischen Gelehrten anschließt, alles Wesentliche berücksichtigt und die jüngsten Forschungsergebnisse verwertet, allen Denen willkommen sein,

---

*) Verlagsanstalt Benziger & Co., A.-G., in Einsiedeln, Waldshut, Köln.

welche sich einen Ueberblick über die gesamte vielerörterte und nun endlich erledigte Streitfrage verschaffen möchten. Dem Texte sind Anmerkungen angehängt, welche erläuternde Zusätze, litterarische Nachweise und den Wortlaut der wichtigsten Quellen enthalten.

Ich benutze die Gelegenheit, Herrn Funck-Brentano, Bibliothekar an der Arsenals-Bibliothek zu Paris, dem gründlichen Kenner der Geschichte der Bastille, für die mannigfache mündliche, wie schriftliche Auskunft, die er mir auf verschiedene, mit dem Thema der „Eisernen Maske" zusammenhängende Fragen bereitwilligst erteilt hat, auch an dieser Stelle meinen aufrichtigen Dank geziemend auszusprechen.

Wiesbaden, im August 1898.

W. B.

Inhalts-Uebersicht.

	Seite
Einleitung	7
I. Die Thatsachen	8
II. Die Legende	13
III. Die Lösungsversuche	23
IV. Die Lösung	29
Anmerkungen	43

Einleitung.

Es dürfte wohl kaum eine zweite geschichtliche Persönlichkeit geben, die in so hohem Grade das allgemeine Interesse in Anspruch genommen, so viele Federn in Bewegung gesetzt und den Scharfsinn der Forscher so mannigfach gereizt hat, wie jener, am 19. November 1703 in der Bastille[1]) zu Paris verstorbene französische Staatsgefangene, der gemeiniglich als der „Mann mit der eisernen Maske" oder kurzweg als „die eiserne Maske" bezeichnet zu werden pflegt und der, weil man über seinen Namen und Stand wie über die Gründe seiner Einkerkerung lange nicht ins Reine kommen konnte, zu einem vollständigen geschichtlichen Rätsel geworden ist. In Frankreich nicht minder wie in Deutschland, in England ebenso wie in Italien, in unserem Jahrhundert wie zur Zeit Voltaires, hat man das lebhafteste Verlangen, die Persönlichkeit des von jeher in das Dunkel des Geheimnisses eingehüllten Gefangenen festzustellen, zur Schau getragen, aber erst der Forschung unserer Tage ist es vorbehalten gewesen, in der vielumstrittenen Streitfrage, wer der maskierte Gefangene gewesen sei, das letzte Wort zu sprechen.

I. Die Thatsachen.

Fragen wir zunächst, welche Thatsachen bezüglich des „Mannes mit der eisernen Maske" unbedingt feststehen, so lautet die Antwort folgendermaßen:

Bénigne d'Auvergne de Saint=Mars, von Januar 1665 bis 25. April 1681 Kommandant des Donjons (des Hauptturmes, der zugleich als Gefängnis diente) zu Pinerolo (sieben Wegstunden südwestlich von Turin), das damals französisch war, und dann bis zum 12. Mai desselben Jahres Gouverneur der Citadelle daselbst, darauf (vom Oktober 1681 bis zum 13. Januar 1687) Gouverneur des befestigten Schlosses Exiles (im Thale der Dora Riparia, 12 Wegstunden nordwestlich von Pinerolo), vom 30. April 1687 bis zum 8. April 1698 Gouverneur der Inseln Sainte=Marguerite und Saint=Honorat (heutzutage „îles de Lérins" genannt, im Golfe Jouan vor Cannes) und schließlich vom 18. September 1698 bis zum 18. November 1708 (seinem Todesjahre) Gouverneur der Bastille zu Paris[2]), hatte nachweislich schon in Pinerolo einen Gefangenen unter seiner Obhut, den er später wieder auf Sainte=Marguerite in Gewahrsam hatte und mit dem er zusammen von den Inseln nach der Bastille übersiedelte, nachdem er zum Gouverneur dieses Schlosses ernannt war.[3]) Auf der Reise machte Saint=Mars mit seinem Gefangenen u. a. Halt in Palteau (bei Villeneuve=le=Roi), einem Gute mit Schloß, das dem Gouverneur gehörte. Der Gefangene kam in einer Sänfte an, welche derjenigen des Gouverneurs vorangetragen wurde, und die Bauern von Palteau, welche zur Begrüßung ihres Herrn herbeigeeilt waren, wurden Augenzeugen außerordentlicher Vorsichtsmaß= regeln, die Saint=Mars dem Gefangenen gegenüber an= zuwenden für gut fand und die jedenfalls auch sonst auf der ganzen Reise gehandhabt wurden: bei Tische saß der Gefangene, der hoch von Wuchs war und weiße Haare hatte, mit dem Rücken gegen das Fenster dem Gouverneur gegenüber, dieser hatte neben seinem Ge= decke zwei Pistolen liegen, und der Diener, der die beiden bediente, nahm die einzelnen Schüsseln schon im Vorzimmer entgegen, um danach jedesmal die Ver= bindungsthür sorgfältig zu schließen. Hatte der Ge= fangene den Hof zu überschreiten, so war sein Gesicht mit einer schwarzen Maske bedeckt — doch konnte man seine Lippen und Zähne sehen —, ob er die Maske aber auch beim Essen trug, das konnte man nicht fest= stellen. Der Gouverneur und der Gefangene schliefen in einem Zimmer, und ihre Betten waren nebenein= ander aufgestellt.[4]) Am 18. September 1698, nachm. 3 Uhr, traf Saint=Mars mit dem Gefangenen, den er in seiner Sänfte bei sich hatte, in der Bastille ein, und es fiel auch dort auf, daß das Gesicht des Gefangenen durch eine schwarze Samt=Maske verhüllt war, und daß sein Name nicht bekannt gegeben wurde. Nach dem Verlassen der Sänfte wurde er bis zur Nacht in das erste Zimmer des Turmes La Basinière gebracht, und um 9 Uhr abends von dem Königsleutnant du Junca, dem wir die Kenntnis dieser Vorgänge ver=

banken, und dem Major Rosarges, den Saint=Mars von den Inseln mitgebracht hatte, für sich allein in das dritte Zimmer des Turmes La Bertaudière, das du Junca einige Tage vorher auf Befehl des Gouverneurs hatte möblieren lassen, geführt. Der Gefangene kam unter die besondere Obhut des Majors Rosarges und wurde von dem Gouverneur beköstigt.⁵) Der Gefangene wurde gut und mit verhältnismäßiger Milde behandelt, und gerade die Maske, in der man geneigt sein wird, eine Verschärfung der Haft zu erblicken, ist ein sprechender Beweis dafür, daß unser Gefangener eine besondere Vergünstigung genoß, denn er durfte zur Messe gehen und hatte nur bei solchen Gelegenheiten die Maske anzulegen.⁶)

Im Jahre 1701 herrschte in der Bastille eine starke Ueberfüllung, sodaß man zum Teil genötigt war, mehrere Gefangene in einem Zimmer unterzubringen, und so geschah es, daß, während andere Gefangene, die als besonders wichtig galten, in strengster Einzelhaft verblieben, der Gefangene, den Saint=Mars von den Inseln mitgebracht hatte, am 6. März das bisher inne gehabte Zimmer, welches für eine gewisse Anna Redon, die allein bleiben sollte, bestimmt war, räumen mußte und in das zweite Zimmer desselben Turmes, welches bereits ein anderer Gefangener, Namens Tirmont, Bedienter seines Zeichens, inne hatte, umlogiert wurde. Am 30. April desselben Jahres erhielten die Beiden einen weiteren Stubengenossen, einen gewissen Jean Alexandre de Ricarville, genannt de Maranville, einen ehemaligen Offizier, der sich wegen politischer Kannegießereien mißliebig gemacht hatte und dafür in die

Bastille gekommen war. Kurze Zeit danach wurde der Gefangene aus der Provence nochmals umlogiert, ob er dann wieder sein Zimmer mit Anderen teilen mußte, wissen wir nicht. Tirmont verblieb bis zum 14. Dez. 1701 in der Bastille, um dann nach Bicêtre überführt zu werden, während Maranville erst am 19. Oktober 1708 die Bastille verließ, um nach Charenton verbracht zu werden. Diese Vorgänge aus dem Jahre 1701, die erst ganz neuerdings bekannt geworden sind, sind um dessentwillen so außerordentlich bemerkenswert, weil sie zeigen, daß die Verwaltung der Bastille damals keinen Anstand mehr nahm, einen Gefangenen, von dem man später so viel Wesens gemacht und dem man eine ganz besondere Wichtigkeit beigemessen hat (sollte er doch u. a. der Besitzer eines furchtbaren Geheimnisses gewesen sein, das die Offiziere der Bastille, ja selbst Ludwig XV. und Ludwig XVI. aufs äußerste intriguirte!) mit zwei anderen Gefangenen von untergeordneter Bedeutung zusammenzuthun, die beide über kurz oder lang die Bastille verlassen sollten, um beide in andere Gefängnisse überführt zu werden, wo, wie es feststeht, der Verkehr der Insassen untereinander und mit der Außenwelt ruhig gestattet wurde. Nimmt man hinzu, daß eine Zeit lang daran gedacht wurde, den einen Stubengenossen des angeblich so geheimnisvollen Gefangenen, Maranville, wieder ins Heer eintreten zu lassen, so ersieht man wohl zur Genüge, daß die maßgebenden Behörden keinerlei Besorgnis mehr darüber hegten, daß der Name des von Saint=Mars mitgebrachten Gefangenen weiteren Kreisen bekannt werden könnte.[7])

Fünf Jahre waren seit der Einlieferung des Gefangenen in die Bastille vergangen, als sich am 20. November 1703, einem Dienstage, nachmittags um 4 Uhr, die Zugbrücke des unheimlichen Schlosses senkte, um einen Leichenzug passieren zu lassen, der sich nach dem Friedhofe der Pfarrei Saint=Paul, zu welcher die Bastille gehörte, wandte. Der Gefangene, den Saint=Mars im Jahre 1698 von den Inseln mitgebracht hatte, war am Sonntage plötzlich erkrankt, und seine Krankheit hatte sich so schnell verschlimmert, daß der Seelsorger der Bastille, der Pater Giraut, zu spät kam, um ihm die Sterbesakramente zu spenden. Am Montag Abend um 10 Uhr beschloß der Gefangene sein trost=loses Dasein. In den Registern von Saint=Paul wurde der Verstorbene unter dem Namen Marchioly einge=tragen, wobei sein Alter — irrtümlich, wie wir noch sehen werden — auf 45 Jahre „oder ungefähr" an=gegeben wurde.[8])

II. Die Legende.[9]

„Sowie sich in der Geschichte eines Volkes ein Punkt in Geheimnis hüllt, sieht man sofort die Legende, die unermüdliche Arbeiterin, ihre genialen Ausschmückungen anfangen." Genau so ist es mit dem maskierten Gefangenen der Bastille gegangen. Zwar ist er nicht der einzige Gefangene der Bastille, von dem wir wissen, daß er zeitweise eine Maske vorhatte — es sind vielmehr zwei weitere Fälle bekannt, wo Gefangene, die in die Bastille kamen, maskiert waren [10] — allein ein Zusammentreffen besonderer Umstände hat ganz offenbar bewirkt, daß die Maske des aus dem Süden gekommenen Gefangenen auf die Offiziere der Bastille einen besonders tiefen Eindruck machte: der Gefangene kam zusammen mit dem neuen Gouverneur in der Bastille an, und die allgemeine Spannung, mit der man den neuen Herrn erwartete, war ganz dazu angethan, für seinen Begleiter, der noch dazu maskiert war, ein erhöhtes Interesse wachzurufen. Schon im Tagebuch des Königsleutnants du Junca spiegelt sich der tiefe Eindruck wieder, den das Erscheinen des maskierten Gefangenen auf jenen gemacht hatte, und du Junca wird gewiß nicht gezögert haben, den Eindruck, den er empfangen, anderen Offizieren der Bastille mitzuteilen. Wenn man bedenkt, daß der Gouverneur Saint=Mars es einerseits liebte, Neugierige, die ihn nach seinem

Gefangenen fragten, durch allerhand phantastische Erzählungen in die Irre zu führen, und anderseits aus Eitelkeit gerne glauben machte, daß der König ihm Gefangene von höchstem Range anvertraute, [11] so sieht man förmlich, wie sich um den Gefangenen, dem infolge besonderer Umstände ein außergewöhnliches Interesse entgegengebracht wurde, mit Notwendigkeit ein ganzer Sagenkreis bilden mußte, und man kann sich denn auch zur Genüge erklären, daß die Offiziere der Bastille selbst, vielleicht in gutem Glauben, von dem Gefangenen Dinge zu berichten wußten, die bereits der Legende angehörten.

Die Erinnerung an den angeblich so geheimnisvollen Gefangenen pflanzte sich zunächst innerhalb der Mauern der Bastille fort, und man unterhielt sich von ihm noch, als in der ersten Hälfte des 18. Jahrhunderts dort zahlreiche Litteraten gefangen saßen. Diese bekamen sicherlich über den Gefangenen allerlei zu hören, was, nachdem es von Mund zu Mund gegangen war, noch ein wenig Wahres und dabei schon so viel Sagenhaftes enthielt, und wenn Jene nun frei kamen, so machte es sich ganz von selbst, daß sie draußen die Erzählung, die sie auf dem Schauplatze des Ereignisses gehört hatten, im Publikum und in der ganzen Welt verbreiteten. Die Phantasie des Publikums, aufs Lebhafteste durch die Berichte, welche über die Mauern der Bastille hinausdrangen, angeregt, erging sich bald in den abenteuerlichsten Vermutungen. Hervorragende Schriftsteller bemächtigten sich der Sache, und um die Neugier des Publikums zu befriedigen, gefielen sie sich im Außergewöhnlichen und Wunderbaren, und allmählich glitt so die Frage nach der Persönlichkeit des maskierten Gefangenen aus dem Bereiche der ernsthaften Forschung in die freilich amüsanteren Regionen der Legende hinüber.¹²) Ihr gehört auch die angebliche Thatsache an, **daß das** Geheimnis, welches sich an den maskierten Gefangenen der Bastille knüpfen sollte, gleichsam wie ein Attribut des Königtums von dem jeweiligen Herrscher seinem Nachfolger übermittelt wurde, und diese angebliche Uebermittelung eines Staatsgeheimnisses mußte natürlich auf die Phantasie der Menge ebenfalls großen Eindruck machen. Hat doch noch der Historiker Michelet an jenem Märchen festgehalten!

Es läßt sich nachweisen, daß bereits im Jahre 1711 in hohen Kreisen, die doch über die Angelegenheit besser unterrichtet sein konnten, über den maskierten Gefangenen der Bastille Dinge erzählt und geglaubt wurden, die einfach ins Reich der Fabel gehören. Die Herzogin Elisabeth Charlotte von Orléans, die Schwägerin Ludwigs XIV., weiß nämlich in ihrer Korrespondenz mit der Kurfürstin von Hannover aus dem Jahre 1711 zu berichten, daß in der Bastille Jahre lang ein Mann gefangen gesessen hätte, der maskiert gestorben wäre, bei Lebzeiten zwei Musketiere um sich gehabt hätte, die ihn hätten töten müssen, wenn er die Maske abgenommen hätte, und der mit der Maske auf dem Gesicht gegessen, kommuniziert und geschlafen hätte.¹³) Wenn man solche Dinge bereits in der nächsten Umgebung des Königs kolportierte, so darf man sich nicht wundern, daß von der großen Menge, die überhaupt nicht in der Lage war, sich über den wahren Sachverhalt zu unterrichten, allmählich das tollste Zeug ge=

glaubt wurde. So konnte es geschehen, daß die schwarze Samet=Maske, die der Gefangene zeitweise trug, sich unter der Einwirkung der Legende in eine **eiserne** mit stählernen Springfedern verwandelte, die der Gefangene immer trägt und die ihn nie verläßt,¹⁴) und so konnte es weiter geschehen, daß im Jahre 1855 zu Langres unter altem Eisen die Maske selbst mit einer auf den geheimnisvollen Gefangenen der Bastille bezüglichen Inschrift aufgefunden wurde!¹⁵)

Die Legende weiß weiter zu berichten von Ehrfurchtsbezeugungen ohne Grenzen, in denen sich die Wächter des Eingekerkerten, allen voran der Gouverneur Saint=Mars, dem Gefangenen gegenüber ergangen hätten, und sie ging hierbei aus von der angeblichen Thatsache, daß der Gefangene zeitlebens mit besonderer Achtung seitens seiner Kerkermeister behandelt worden wäre.¹⁶) Der Gouverneur sollte nur stehend und unbedeckten Hauptes mit jenem gesprochen, ihn selber auf Silberzeug beim Essen bedient und ihm nach seinen Wünschen die kostbarsten Gewänder besorgt haben u. s. w.,¹⁷) alles Dinge, die mit den thatsächlichen Verhältnissen in direktem Widerspruche stehen und sich mit Leichtigkeit aus den authentischen Nachrichten über die Behandlung des Gefangenen widerlegen lassen. Danach kann von irgend welchem fürstlichen Ceremoniell keine Rede sein, und wir wissen sogar, daß der Gefangene auf Sainte=Marguerite z. B. selbst seinen Tisch abdeckte und die Teller dem diensthabenden Offizier aushändigte, eine Thatsache, die wahrhaftig mit den Angaben über fürstliches Ceremoniell ganz und gar nicht vereinbar ist.¹⁸) Ferner war es auf Sainte=Marguerite, zur Zeit als der Maskierte sich dort befand, vorgekommen, daß ein Zimmernachbar unseres Gefangenen, ein reformierter Geistlicher, Tag und Nacht Psalmen sang, um sich zu erkennen zu geben, sodaß Saint-Mars sich veranlaßt sah, einzuschreiten, und daß ein anderer Zimmernachbar des Gefangenen, ebenfalls ein reformierter Geistlicher, auf sein zinnernes Eßgerät und seine Wäschestücke Mitteilungen niederschrieb, um von seiner ungerechten Einkerkerung Kunde zu geben, sodaß er ebenso wie sein Glaubens- und Leidensgenosse den Gouverneur zum Einschreiten zwang,[19]) und diese Züge übertrug nun die Legende auf den maskierten Gefangenen, der sich thatsächlich ganz ruhig verhalten hatte, indem sie zu berichten wußte, daß er zeitweise in seiner Zelle klagende Weisen gesungen[20]) und eines Tages auf einen silbernen Teller — das Zinn wurde eben einfach zu Silber gestempelt — geschrieben und diesen zum Fenster hinaus ins Meer geworfen hätte, als gerade ein Fischerboot in der Nähe war. Der Fischer, der in dem Boote saß, hätte den Teller an sich genommen und ihn dem Gouverneur gebracht, und dieser hätte den Fischer nicht eher wieder fortgelassen, als bis es sich herausgestellt hätte, daß jener nie lesen gelernt und daß kein Anderer den Teller zu Gesichte bekommen hatte. „Geh, es ist Dein Glück, daß Du nicht lesen kannst," mit diesen Worten sollte Saint-Mars den Fischer entlassen haben.[21])

Tragischer sollte dagegen der Versuch verlaufen sein, den der Gefangene gemacht hätte, auf einem Wäschestücke Mitteilungen in die Außenwelt gelangen zu lassen. Eines Tages hätte ein Feldscher der Frei-Kompagnie auf Sainte-Marguerite unterhalb des Fensters des Gefangenen etwas Weißes auf dem Wasser schwimmen gesehen. Der Feldscher hätte den Gegenstand herausgeholt und dem Gouverneur gebracht. Es hätte sich um ein feines Hemd gehandelt, auf das der Gefangene von einem Ende zum anderen geschrieben hätte. Saint-Mars hätte das Hemd auseinandergefaltet und den Ueberbringer mit verlegener Miene gefragt, ob er nicht etwa so neugierig gewesen wäre, das Geschriebene zu lesen. Jener hätte mehrfach beteuert, daß er nichts davon gelesen hätte, aber zwei Tage später hätte man ihn tot in seinem Bette gefunden.[22])

Die angebliche Thatsache, daß der Gefangene eine besondere Vorliebe für feine Wäsche und kostbare Spitzen gehabt haben sollte, wurde dahin ausgedeutet, daß er ein Sohn der Gemahlin Ludwigs XIII., Annas von Oesterreich, gewesen sein müsse, indem die Königin eine gleiche Vorliebe zur Schau getragen hätte, und dieses Märchen, das verschiedene Spielarten aufzuweisen hat, hat bis auf unsere Zeit den größten Anklang gefunden, bis es durch Marius Topin aufs gründlichste widerlegt worden ist.[23]) Kein Geringerer als Voltaire ist es, der jene ungeheuerliche Ente mit einer beneidenswerten Erfindungsgabe in die Welt gesetzt und mit der Autorität seines Namens es bewirkt hat, daß das von ihm ausgeheckte Märchen über ein Jahrhundert lang gläubige Gemüter gefunden hat.

Nachdem im Jahre 1745 eine Art Roman erschienen war, die „Mémoires secrets pour servir à l'histoire de Perse", die sich in Wirklichkeit auf Frankreich und Ludwig XIV. bezogen und worin der geheimnisvolle maskierte Gefangene der

Bastille mit dem Grafen von Vermandois, einem natürlichen Sohne des Königs identifiziert wurde [24]) — ein Umstand, der geradezu Sensation machte —, gab im Jahre 1751 Voltaire in seinem „Siècle de Louis XIV." die folgende Geschichte zum besten:

„Einige Monate nach dem Tode Mazarins ereignete sich ein Vorfall, der seines Gleichen nicht hat und von dem — was nicht minder seltsam ist — alle Geschichtsschreiber bis jetzt nichts gewußt haben. Im größten Geheimnis sandte man einen unbekannten jungen Gefangenen, dessen Wuchs über das Mittelmaß hinausging und der ein sehr schönes, edles Antlitz hatte, nach dem Schlosse auf der Insel Sainte-Marguerite im Meer der Provence. Dieser Gefangene trug auf der Reise eine Maske, deren Kinnstück stählerne Federn aufzuweisen hatte, sodaß es dem Gefangenen möglich war, mit der Maske auf dem Gesichte zu speisen. Man hatte den Befehl, ihn zu töten, falls er die Maske abnehmen sollte. Er blieb auf der Insel, bis ein zuverlässiger Offizier, mit Namen Saint-Mars, Gouverneur von Pinerolo, nachdem er im Jahre 1690 zum Gouverneur der Bastille ernannt war, ihn von Sainte-Marguerite abholte und ihn, immer maskiert, nach der Bastille brachte. Der Marquis von Louvois besuchte den Gefangenen noch vor seiner Wegführung auf Sainte-Marguerite und sprach mit ihm stehend und mit einer Achtung, die an Respekt grenzte. Dieser Unbekannte wurde in die Bastille gebracht und hier so gut untergebracht, wie es in diesem Schlosse nur überhaupt möglich ist. Man versagte ihm nichts von dem, was er verlangte. Den größten Gefallen fand er an

Wäsche von außergewöhnlicher Feinheit und an Spitzen. Er spielte Guitarre. Man beköstigte ihn aufs beste, und der Gouverneur setzte sich selten in seiner Gegenwart u. s. w. u. s. w."²⁵)

Wie man sieht, sprach Voltaire es hier noch nicht aus, wer der Gefangene gewesen wäre, aber als er in der ersten Ausgabe der „Questions sur l'encyclopédie par des amateurs (1770—71)" auf die Sache zurückkam, wies er darauf hin, daß man den Gefangenen maskiert hätte, aus Furcht, daß sonst leicht eine gar zu frappante Aehnlichkeit entdeckt werden könnte ²⁶), und schließlich in der zweiten Ausgabe der „Questions" (1771) ließ er sich dahin vernehmen, daß der Maskierte ein im Ehebruch erzeugtes Kind Annas von Oesterreich, das sie noch vor Ludwig XIV. geboren hätte, gewesen wäre. Die Königin hätte den Kardinal Richelieu ins Geheimnis gezogen und beide hätten das Kind im Geheimen erziehen lassen, nach dem Tode Mazarins hätte jedoch Ludwig XIV. das Geheimnis entdeckt und den jungen Mann, um allen Weiterungen vorzubeugen, gefangen gesetzt und ihn wegen der zwischen ihnen beiden bestehenden Aehnlichkeit maskieren lassen. ²⁷)

Voltaire hatte den Vater dieses angeblichen älteren Halbbruders nicht genannt, es war das gewissermaßen das Signal für andere Schriftsteller, um jeden Preis den Vater des angeblichen Bastards ausfindig zu machen. So schrieb im Jahre 1783 der Marquis von Luchet dem Herzog von Buckingham die Vaterschaft des Kindes zu,²⁸) der Baron von Veltheim dagegen machte im Jahre 1789 den Kardinal Mazarin zum Vater des Kindes und glaubte eine geheime Ehe zwischen ihm und Anna von Oesterreich nach dem Tode Ludwigs XIII. annehmen zu dürfen,²⁹) sodaß also das Kind ein **jüngerer** Bruder Ludwigs XIV. gewesen wäre, den einzukerkern kaum eine Veranlassung vorlag. Wieder eine andere Version veröffentlichte der Abbé Soulavie, vormals Sekretär des Herzogs von Richelieu, im Jahre 1790 über die Abstammung des maskierten Gefangenen in den von ihm herausgegebenen, nur zum Teil echten Memoiren des Herzogs. Soulavie teilte dort eine apokryphe Denkschrift des Gouverneurs Saint-Mars mit, wonach Ludwig XIV. um die Mittagszeit geboren wäre und am Abend um $8^1/_2$ Uhr die Königin einem zweiten Sohne das Leben gegeben hätte. Um allen Weiterungen aus dem Wege zu gehn, die aus dem Vorhandensein zweier Dauphins hätten entstehen können, hätte man den Zwillingsbruder Ludwigs XIV. verschwinden lassen.³⁰)

Den Vogel schoß jedoch der im Jahre 1807 verstorbene Baron Gleichen mit einer Version ab, die dahin ging, daß der maskierte Gefangene ein Kind Mazarins und Annas von Oesterreich gewesen wäre, daß der Kardinal und die Königin nach dem Tode Ludwigs XIII. ihr Kind an Stelle des legitimen Thronerben untergeschoben)eine auffallende Aehnlichkeit zwischen beiden Kindern sollte das erleichtert haben) und den Dauphin zeitlebens hätten gefangen setzen lassen. Es war das eine Version, die mit einem Schlage die Legitimität der letzten Bourbonen in Frage stellte.³¹)

Unter dem ersten Kaiserreich erschienen verschiedene Broschüren, welche diese Version aufnahmen und Ludwig XIV. für einen Bastard erklärten. Der legi-

time Thronerbe wäre auf Sainte-Marguerite einge=
kerkert worden und hätte sich dort mit der Tochter
eines seiner Kerkermeister verheiratet. Aus dieser Ehe
wäre ein Kind hervorgegangen, das man, sobald es
entwöhnt gewesen wäre, nach Korsika geschickt und
einer zuverlässigen Person anvertraut hätte als ein
Kind, das von guter Seite („de bonne part")
käme, auf Italienisch „Buona parte". Ein direkter
Nachkomme dieses Kindes wäre der Kaiser Napoleon.
Napoleons Recht auf den französischen Thron, gegründet
auf die „eiserne Maske", wahrlich ein Stücklein der
Phantasie des großen Alexandre Dumas würdig! Kaum
zu glauben aber ist es, daß es Leute gegeben hat,
welche dieses Märchen von der Abstammung Napoleons
für bare Münze nahmen, aber thatsächlich hat es sogar
eine politische Rolle gespielt, denn in einem durch die
Chouans verbreiteten Manifest aus dem Monat Nivôse
des Jahres IX der Republik konnte man lesen: „Die
royalistische Partei darf sich nicht auf die Versicherungen
einiger Sendlinge Bonapartes verlassen, wonach er den
Thron nur in Besitz genommen hat, um ihn den Bour=
bonen zurückzugeben. Alles weist vielmehr darauf hin,
daß er nur den allgemeinen Frieden erwartet, um sich
zu erklären und daß er sein Recht auf die Geburt von
Kindern der eisernen Maske gründen will."![32])

Mit diesem geradezu grotesken Auswuchs der an
den maskierten Gefangenen anknüpfenden Legende wollen
wir dieses Kapitel schließen.

III. Die Lösungsversuche.[33]

Wer ist nun in Wirklichkeit der maskierte Gefangene der Bastille gewesen? Man hat diese Frage, da man mangels ausreichender Dokumente von jeher auf Hypothesen angewiesen war, schon in der verschiedensten Weise zu beantworten gesucht und hat eine historische Persönlichkeit nach der andern in dem Maskierten erkennen wollen. Es kann nicht unsere Aufgabe sein, die sämtlichen Versuche, welche auf die Lösung des Rätsels abzielten, der Reihe nach durchzugehn, wir müssen uns vielmehr damit begnügen, diejenigen Versuche kurz zu besprechen, welche entweder den meisten Anklang beim Publikum gefunden haben oder von ernst zu nehmenden Forschern ausgegangen sind.

1. Wie bereits erwähnt, erschienen im Jahre 1745 die „Mémoires secrets pour servir à l'histoire de Perse", welche Louis von Bourbon, Grafen von Vermandois, Admiral von Frankreich, einen natürlichen Sohn Ludwigs XIV. und der anmutigen Louise de la Vallière, in dem maskierten Gefangenen erkennen wollten.[34] Der Graf sollte dem Dauphin eine Ohrfeige gegeben haben und daher mit lebenslänglicher Gefangenschaft bestraft worden sein. In Wirklichkeit ist der Graf von Vermandois zu Coutrai am 18. November 1683 gestorben, während der maskierte Gefangene erst im Jahre 1703 starb.[35]

2. Im Jahre 1754 veröffentlichte der Abbé Lenglet=Dufresnoy ein Buch „Plan de l'histoire générale et particulière de la monarchie française" und vertrat hierin die Ansicht, daß der maskierte Gefangene der Herzog von Beaufort, zubenannt „der König der Hallen" gewesen wäre. Der Herzog hatte sich an den Unruhen der Fronde zur Zeit der Minderjährigkeit Ludwigs XIV. beteiligt, er hatte jedoch später seinen Frieden mit dem Könige gemacht und befehligte im Jahre 1669 eine französische Expedition nach Kreta. Am 25. Juni 1669 fand ein Gefecht mit den Türken statt, in welchem der Herzog verschwand, und nach der Hypothese Lenglet=Dufresnoys sollte nun Jener auf Befehl Ludwigs XIV. heimlich aufgehoben und nach Sainte=Marguerite geschafft worden sein, um die Beteiligung des Herzogs an solchen Unruhen, wie diejenigen der Fronde es gewesen waren, in Zukunft zu verhüten. Die Hypothese ist an und für sich schon ganz unwahrscheinlich, sie erledigt sich aber vor allem dadurch, daß der Herzog jedenfalls an dem erwähnten Tage im Gefechte gefallen ist.[36)]

3. Im Jahre 1768 trat Germain François Poullain de Saint=Foix in einem Artikel, der in Frérons „Année litteraire" erschien, mit der Hypothese hervor, der maskierte Gefangene wäre der Herzog von Moumouth gewesen. Dieser, ein Sohn Karls II. von England und seiner Geliebten Lucie Walters, hatte nach der Thronbesteigung Jakobs II. den Versuch gemacht, den König zu stürzen und sich selbst an seine Stelle zu setzen. Der Versuch mißlang, und der Herzog wurde am 16. Juli 1685 öffentlich

in London hingerichtet. Saint-Foix wollte nun in Erfahrung gebracht haben, daß der Herzog durch einen seiner ihm ähnlich sehenden Offiziere ersetzt worden und nach Sainte-Marguerite geschafft worden wäre, um hier als Staatsgefangener zu verbleiben. Indessen ist die Hinrichtung des Herzogs aufs Glaubwürdigste bezeugt, und damit fällt diese Hypothese von selbst.[37])

4. Nachdem bereits im Jahre 1789 eine in Paris anonym erschienene Broschüre „L'Homme au masque de fer dévoilé, d'après une note trouvée dans les papiers de la Bastille" den Oberintendanten der Finanzen Nicolas Fouquet in dem maskierten Gefangenen hatte erkennen wollen, nahm der Bibliophile Jacob (Paul Lacroix) im Jahre 1840 in einem „L'Homme au masque de fer" betitelten Buche diese Hypothese auf. Fouquet, der unter Mazarin dem Staate große Dienste geleistet hatte, wollte nach Mazarins Tode (1661) zum ersten Minister aufsteigen und suchte sich durch Bestechungen einen zahlreichen Anhang am Hofe zu sichern, allein Ludwig XIV., durch Colbert gewarnt, beschloß, ihn ein für alle Mal unschädlich zu machen und ließ ihn im September 1661 verhaften. Im Dezember 1664 wurde er zu lebenslänglichem Gefängnis verurteilt und kam nach Pinerolo unter die Aufsicht des Gouverneurs Saint-Mars. Die Hypothese, daß nun Fouquet, der spätere maskierte Gefangene der Bastille gewesen wäre, basirte auf der Annahme, daß für das Ableben Fouquets in Pinerolo keine genügende Beweise vorlägen, indessen steht es durchaus fest, daß Fouquet dort am 23. März 1680 aus dem Leben geschieden ist.[38])

5. Im Jahre 1825 meinte der Chevalier de Taulès in dem maskierten Gefangenen den armenischen Patriarchen Avedick zu erkennen, der aus religiös-politischen Gründen unter Mitwirkung der Jesuiten und des französischen Vicekonsuls auf Chios aufgehoben und nach Frankreich geschafft worden war. Indessen fällt dieses Vorgehen gegen den Patriarchen erst nach 1706, und damit ist diese Hypothese ebenfalls abgethan. [39]

6. „Ein durch Catinat im Jahre 1681 festgenommener Spion", so lautete die Lösung, für welche im Jahre 1867 sich Jules Loiseleur entscheiden zu müssen glaubte. Indessen hat es sich herausgestellt, daß jener angebliche Spion kein Anderer als Catinat selbst gewesen ist, der sich damals, um eine geheime Mission, die er zu erfüllen hatte, zu maskieren, scheinbar als Gefangener in Pinerolo aufhielt. [40]

7. Im Jahre 1873 veröffentlichte der Generalstabs-Offizier Th. Jung ein Buch „La vérité sur le masque de fer", [41] in dem er wieder einen neuen Kandidaten für die Maske in Vorschlag brachte. Demzufolge sollte der Maskierte ein gewisser Louis von Oldendorf gewesen sein, der sich an einer Verschwörung gegen Ludwig XIV. beteiligt hatte und dafür im Jahre 1673 verhaftet und zunächst nach Péronne geschafft worden war. Indessen ist es dem Urheber dieser Hypothese nicht gelungen, den Nachweis zu erbringen, daß sein Kandidat nach Pinerolo verbracht worden ist, und aus diesem Grunde schon ist — von anderen Gründen ganz abgesehen — die Jung'sche Hypothese nicht stichhaltig. [42]

8. François Ravaisson, der verstorbene gelehrte Bibliothekar der Arsenals=Bibliothek zu Paris, stellte im Jahre 1879 in der Einleitung zum 10. Bande der „Archives de la Bastille" die freilich mit großer Reserve vorgetragene Hypothese auf, daß der Maskierte ein junger Schiffsleutnant, ein Graf von Keronalze, der als Flügeladjutant mit Beaufort auf Kreta gewesen war und vielleicht um das Verschwinden des Herzogs gewußt hätte, gewesen wäre. Ravaisson hat noch selbst diese Hypothese, die nicht allzu wahrscheinlich klingt, wieder aufgegeben, und darum braucht man sich mit ihrer Widerlegung nicht weiter zu befassen.[43]

9. Aus dem Jahre 1890 datiert wieder eine andere Hypothese, die auf J. Lair, den Biographen Fouquets, zurückzuführen ist. Lair wollte einen gewissen Eustache Dauger, der sich unter den der Obhut des Gouverneurs Saint=Mars unterstellten Gefangenen befunden hat,[44] erkennen, wir werden jedoch weiter unten sehen, daß auch diese Hypothese nicht zu halten ist.

10. Ein italienischer Gelehrter, Baron Domenico Carutti, trat im Jahre 1893 mit der Hypothese hervor, daß der maskierte Gefangene ein geistesgestörter Jakobiner (Dominikaner) gewesen wäre, der sich mit anderen Gefangenen in Pinerolo unter der Obhut des Gouverneurs Saint=Mars befunden hat.[45] Indessen wissen wir, daß dieser Jakobiner in Pinerolo gegen Ende des Jahres 1693 starb, mithin kann er nicht der Maskierte gewesen sein.[46]

11. Im gleichen Jahre wie Carutti stellten Burgaud und Bazeries einen neuen Kandidaten für die Maske auf, den Generalleutnant Vivien Labbé de Bulonde,

der auf Befehl des Kriegsministers Louvois im Jahre 1691 verhaftet und nach Pinerolo geführt worden war, weil er die Belagerung der Festung Coni (in Oberitalien) vorzeitig aufgehoben und sich damit einer Verletzung seiner militärischen Pflicht schuldig gemacht hatte.[47]) Die Widerlegung dieser Hypothese erfolgte bereits im Januar 1895, indem Geoffroy de Grandmaison zwei Schriftstücke veröffentlichte, aus deren erstem hervorgeht, daß Bulonde im Jahre 1699 nicht ein Gefangener der Bastille gewesen sein kann, und aus deren zweitem man ersieht, daß Bulonde im Jahre 1705 noch am Leben war.[48])

Von den Lösungsversuchen wenden wir uns nunmehr zu der wirklichen Lösung des vielumstrittenen Rätsels.[49])

IV. Die Lösung.[50]

Die Lösung ist in einer Hypothese enthalten, die bereits im Jahre 1770 aufgestellt worden ist, und lautet: **Der maskierte Gefangene der Bastille ist der Graf Ercole Antonio Mattioli gewesen.**[51]

Mattioli, geboren am 1. Dezember 1640 zu Bologna, war Staatssekretär des Herzogs Karl IV. von Mantua, der ihn in den Grafenstand erhoben und zum Senator ernannt hatte, als Ludwig XIV., der schon Herr der Festung Pinerolo war, im Jahre 1676 den Plan faßte, die wichtige Festung Casale am Po (etwa 4 Meilen östlich von Turin), die dem Herzoge als Markgrafen von Montferrat gehörte, zu erwerben, um den Turiner Hof zwischen zwei Feuer zu bringen und ihn der französischen Politik gefügig zu machen; französischerseits baute man auf die ewigen finanziellen Nöte des Herzogs, der einen verschwenderischen, ausschweifenden Lebenswandel führte und sich infolgedessen in steter Geldverlegenheit befand. Man wollte ihm nämlich die Festung abkaufen, und zu diesem Zwecke setzte sich der französische Gesandte in Venedig, der Abbé d'Estrades, mit Mattioli, der auf seinen Herrn großen Einfluß ausübte, in Verbindung. Das geschah in den letzten Monaten des Jahres 1677, und der Erfolg war ein unverhofft rascher, indem Mattioli bereitwillig auf den französischen Plan einging und seinerseits den Herzog ohne große Schwierigkeiten dafür gewann. Am Hofe Ludwigs XIV. war man über das Erreichte höchlichst erfreut, und der König ließ sich sogar herbei, am 12. Januar 1678 ein eigenhändiges Schreiben an den mantuanischen Minister zu richten, worin er sich für Mattiolis regen Eifer bedankte und ihm weitere Beweise seiner Dankbarkeit in Aussicht stellte. Am 13. März hatte Mattioli, von einem Balle kommend, um Mitternacht mit dem Abbé d'Estrades auf einem öffentlichen Platze zu Venedig eine Unterredung, wobei die beiden, um nicht erkannt zu werden, Masken angelegt hatten, nach der Art derjenigen, welche die venetianischen Nobili auf ihren Festen zu tragen pflegten, und am 8. Dezember unterzeichnete Mattioli im Namen seines Herrn zu Versailles einen Vertrag, durch welchen dem französischen Könige einer der Schlüssel Italiens ausgeliefert werden sollte. Es war darin bestimmt, 1) daß der Herzog französische Truppen in Casale aufnehmen, 2) daß er im Falle einer französischen Expedition nach Italien zum Generalissimus der französischen Truppen ernannt werden und 3) daß er nach Ausführung des Vertrages die Summe von 100000 Thalern erhalten sollte. Mattioli wurde nach Unterzeichnung des Vertrages vom Könige in Privataudienz empfangen, erhielt von Ludwig XIV. einen wertvollen Diamanten zur Erinnerung an seinen Aufenthalt in Frankreich und als weiteres „Geschenk" eine Summe von 400 Doppel-Louisdors. Weiter wurde ihm, sobald der Vertrag ausgeführt wäre, eine noch bedeutendere Summe in Aussicht gestellt, sein Sohn sollte unter die königlichen Pagen aufgenommen werden und sein Bruder eine reiche Pfründe erhalten.

Nun waren kaum zwei Monate seit dem Aufenthalte des mantuanischen Ministers in Frankreich verflossen, und noch war man erst mit den Vorbereitungen zur Besitznahme von Casale beschäftigt, als die Höfe von Wien, Turin und Madrid und ferner die Republik Venedig bis auf die geringsten Einzelheiten von den zwischen Ludwig XIV. und dem Herzoge von Mantua getroffenen Abmachungen unterrichtet waren, obwohl die Verhandlungen in größter Heimlichkeit geführt worden waren, und dazu wurde der Baron von Asfeld, der Spezialgesandte Ludwigs XIV., der mit Mattioli die Ratifikationen auswechseln sollte, zu Anfang März 1679 im Mailändischen durch den Statthalter verhaftet und den Spaniern ausgeliefert.

Mattioli hatte das Geheimnis an die politischen Gegner Frankreichs verraten und damit nicht nur Ludwig XIV., sondern auch seinen eigenen Herrn, den Herzog, aufs ärgste bloßgestellt.

Was waren Mattiolis Beweggründe für diese auffallende Handlungsweise gewesen? Wenn man behauptet hat, daß Mattioli lediglich um klingenden Lohnes willen die Gegner Ludwigs XIV. in die Angelegenheit der Abtretung Casales eingeweiht, daß also bloße Geldgier den Minister geleitet habe, so ist dagegen zu bemerken, daß es gar nicht zur Genüge feststeht, daß Mattioli überhaupt von den Gegnern Ludwigs XIV. eine Belohnung bekommen hat, und ferner ist darauf hinzuweisen, daß Mattioli, falls es ihm nur um materielle Vorteile zu thun gewesen wäre, gerade für die Ausführung des von ihm unterzeichneten Vertrages hätte alles aufbieten müssen, da er schwerlich von Ludwigs XIV.

Gegnern alles das erhoffen konnte, was ihm von französischer Seite nach der Abtretung Casales zugesichert war. Es ist vielmehr der von Marius Topin ausgesprochene Gedanke vielleicht nicht ganz von der Hand zu weisen, daß Mattioli die Gefahr, die seinem Vaterlande durch die Abtretung Casales drohen mußte, plötzlich erkannt und somit aus patriotischen Beweggründen die Ausführung der Pläne Ludwigs XIV. vereitelt habe.[52]).

Wie dem nun auch sein mag, Mattioli sollte für seine Handlungsweise schwer genug büßen. Der Abbé d'Estrades, der mittlerweile von Venedig nach Turin versetzt worden war, faßte den verwegenen Plan, Mattioli aufheben und nach Frankreich entführen zu lassen. Ludwig XIV. erteilte hierzu unterm 28. April 1679 seine Zustimmung, da der Gesandte die Aufhebung Mattiolis ohne Eklat glaube bewerkstelligen zu können Der Gefangene sollte nach Pinerolo geführt werden und dort verbleiben. „Niemand darf erfahren, was aus diesem Menschen geworden ist," so lautete der Schluß des königlichen Befehls.[53]) Aber noch ehe der Gesandte die Zustimmung des Königs in Händen hatte, brachte er seinen Plan zur Ausführung. Mattioli wurde am 2. Mai 1679 in der Nähe von Turin bei Gelegenheit einer Zusammenkunft mit d'Estrades, zu der ihn der Gesandte zu bewegen gewußt hatte, von Bewaffneten unter Führung Catinats festgenommen und am selben Tage noch in Pinerolo als Gefangener eingeliefert. Es war das eine der gröblichsten Verletzungen des Völkerrechts, die man sich denken kann, und um nun alle Weiterungen mit den anderen Mächten zu vermeiden, wurde das Gerücht verbreitet, daß Mattioli auf der Reise verunglückt wäre. Mattioli erhielt in Pinerolo zuerst den Namen Lestang, und man gestattete, daß sein Kammerdiener zu ihm kam und bei ihm blieb.

Es galt nun, von Mattioli die Originale der Schriftstücke über die Verhandlungen mit dem Herzoge von Mantua zu bekommen, denn diese hatte Mattioli seinem Herrn vorenthalten und in einem nur ihm selbst und seinem Vater bekannten Verstecke untergebracht. Man brachte den Gefangenen durch die schärfsten Drohungen dazu, seinen Vater brieflich zur Auslieferung der Schriftstücke an einen gewissen Giuliani, einen politischen Agenten im französischen Solde, aufzufordern, und auf diese Weise setzte man sich in den Besitz der Schriftstücke. Der Herzog von Mantua war weit davon entfernt, sich für seinen Minister bei Ludwig XIV. zu verwenden oder gar über die Verletzung des Völkerrechts Beschwerde zu führen, nachdem er durch den Abbé d'Estrades von Mattiolis Schicksal in Kenntnis gesetzt worden war, dem Herzoge war vielmehr selber sehr damit gedient, daß der Mann, der ihn den großen Höfen gegenüber aufs ärgste bloßgestellt hatte, ein für allemal unschädlich gemacht worden war, und so hat der eigene Landesherr Mattioli kalten Herzens seinem traurigen und harten Schicksale überlassen.

Die Ansicht, daß nun Mattioli, dessen Einlieferung in Pinerolo ganz zweifellos feststeht und der noch am 27. Dezember 1693 in einem Briefe des Ministers Barbezieux an den Gouverneur La Prade zu Pinerolo mit Namen genannt wird,[54] der spätere Maskierte der Bastille gewesen sei, ist zuerst im Jahre 1770 von dem

Baron Heiß, einem gelehrten Bibliophilen und vormaligen Hauptmann im Regiment „Elsaß" zu Pfalzburg, ausgesprochen worden. Es geschah das in einem von 28. Juni des erwähnten Jahres aus Pfalzburg datierten Briefe, der im „Journal encyclopédique" erschien.[55]) Heiß stützte sich hierbei auf einen Bericht in der August=Nummer des Jahrganges 1687 der „Histoire abrégée de l'Europe", die in Leyden erschien,[56]) und dieser Bericht war die Uebersetzung einer um 1682/83 gedruckten italienischen Flugschrift, betitelt „La prudenza triomfante di Casale con l'armi sole de'trattati e negociati politici del laM. Ch. Mantua" (58 Seiten), in welcher eine dem Grafen Mattioli offenbar nahestehende Person die öffentliche Meinung zu Gunsten des Ersteren zu beeinflussen suchte. Der Minister — er wird beiläufig nicht mit Namen genannt, aber man sieht, daß es sich um Mattioli handelt — wäre, weil er den Plänen Frankreichs bezüglich der Erwerbung Casales bei seinem Herrn entgegengearbeitet hätte, auf Anstiften des französischen Gesandten am Turiner Hof gelegentlich eines Jagdausfluges vor der Stadt von zehn bis zwölf Berittenen umzingelt, aufgehoben, vermummt, maskiert und nach Pinerolo geführt worden.[57]) Es verdient Beachtung, daß diese Erzählung zwei bis drei Jahre nach dem Ereignis selbst gedruckt worden ist und daß noch dreißig Jahre vergehen sollten, ehe man anfing, sich mit der Persönlichkeit des maskierten Gefangenen zu beschäftigen.

Die Hypothese des Barons Heiß hat eine stattliche Reihe von Vertretern gefunden,[58]) und ihr bekanntester Verfechter ist im Jahre 1870 Marius Topin mit seinem gehaltvollen Buche „L'homme au masque de fer" geworden. Indessen sind von anderer Seite nach dem Erscheinen des Topinschen Buches gegen die Lösung „Mattioli" so gewichtige Bedenken erhoben worden, daß es zeitweise den Anschein hatte, als wäre diese Hypothese ein für allemal abgethan;[59] man glaubte namentlich nachweisen zu können, daß Mattioli schon im April oder Mai 1694 auf Sainte-Marguerite gestorben wäre, mithin also nicht der erst am 19. November 1703 in der Bastille zu Paris verstorbene geheimnisvolle Gefangene gewesen sein könne.[60] Um so mehr Eindruck muß es daher machen, daß im Jahre 1894 ein französischer Gelehrter, dessen Name in der wissenschaftlichen Welt einen guten Klang hat, Frantz Funck-Brentano, die alte Heißsche Hypothese wieder aufgenommen und den mit Geschick und Scharfsinn geführten Nachweis erbracht hat, daß in ihr thatsächlich die so lange vergeblich gesuchte Lösung des schon über ein Jahrhundert alten Rätsels enthalten ist.[61] Funck-Brentano hat mit sachkundiger Hand dasjenige Hindernis beseitigt, welches sich der Lösung „Mattioli" bislang ernstlich entgegenstellte, nämlich die angebliche Thatsache seines Todes im Jahre 1694, und nachgewiesen, daß sie auf einer Annahme beruht, die ganz und gar irrtümlich ist. Man hat nämlich gemeint, daß mit einem, in einem Briefe des Ministers Barbezieux an Saint-Mars vom 10. Mai 1694 erwähnten, auf Sainte-Marguerite verstorbenen Gefangenen, der einen eigenen Bedienten gehabt hatte, kein anderer als Mattioli gemeint sein könne, weil er der einzige in dieser Hinsicht bevorzugte Gefangene gewesen wäre, allein, wie Funck-

Brentano feststellt, ist es an und für sich sehr fraglich, ob Mattioli auf Sainte-Marguerite noch einen eigenen Diener gehabt habe, sollte es aber trotzdem der Fall sein, so wäre er nachweislich nicht der einzige Gefangene dieser Art gewesen, da Saint-Mars in einem Briefe an den Minister vom 6. Januar 1696 ganz deutlich von den Die n e r n der Gefangenen auf Sainte-Marguerite spricht. Es kommt aber noch besser, denn Funck-Brentano weiß sogar den Gefangenen namhaft zu machen, der zu Anfang des Jahres 1694 starb und bei Lebzeiten einen eigenen Diener hatte, dieser Gefangene war aber nicht Mattioli, sondern ein gewisser Melzac oder Malzac. Mit Recht hat bereits J. Lair auf den Umstand hingewiesen, daß uns die gesamte Korrespondenz zwischen Saint-Mars und den ihm vorgesetzten Ministern von 1665 bis 1698, wo unser Gefangener nach Paris in die Bastille gebracht wurde, vorliegt,[62]) und in dieser Korrespondenz, die alle möglichen Einzelheiten bezüglich der Gefangenen behandelt, soll ein solches Ereignis, wie das Hinscheiden Mattiolis, des wichtigsten aller Gefangenen des Gouverneurs Saint-Mars, keine einzige Spur hinterlassen haben. Nein, es ist nicht nachzuweisen, daß Mattioli bereits im Jahre 1694 auf Sainte-Marguerite verstorben ist, und es ist vielmehr sicher, daß er dort nicht aus dem Leben geschieden ist.

Eine gründliche Prüfung der Personalien derjenigen Gefangenen, welche überhaupt als Kandidaten für die Maske in Betracht kommen können, ermöglicht es dem französischen Forscher, bis zu der endgültigen Lösung des Rätsels vorzudringen. Von dem Gefangenen, der am 19. November 1703 in der Bastille verstorben ist, steht, wie schon früher erwähnt, fest, daß Saint=Mars ihn bereits in Pinerolo unter seiner Obhut hatte, und es steht weiter fest, daß Saint=Mars ihn später wieder auf Sainte=Marguerite unter seiner Obhut hatte, und daß der Gefangene dann im Jahre 1698 mit Saint= Mars zusammen in die Bastille übersiedelte. Mithin muß der Gefangene einer von denen gewesen sein, die sich in Pinerolo befanden, als Saint=Mars von dort nach Exiles übersiedelte, da alle sonst seiner Obhut an= vertraut gewesenen Gefangenen Pinerolo auf die eine oder andere Weise verlassen hatten. Es waren deren, wie das von verschiedenen Seiten aufs genaueste fest= gestellt worden ist,[63]) im ganzen fünf, nämlich: 1. ein gewisser Eustache Danger, 2. ein gewisser La Rivière, 3. ein geistesgestörter Jakobiner (Dominikaner), dessen Namen nicht überliefert ist, 4. ein gewisser Dubreuil und 5. Mattioli. Drei von ihnen scheiden ohne weiteres aus, nämlich La Rivière, der Jakobiner und Dubreuil, denn der erstere starb Ende Dezember 1686,[64]) der Jakobiner Ende 1693[65]) und Dubreuil um 1697,[66]) keiner von ihnen kann also der erst 1703 in der Bastille verstorbene maskierte Gefangene gewesen sein.

Es verbleiben also nur Eustache Danger und Mattioli, aber auch Danger muß ausgeschieden werden, denn er entspricht nicht den Anforderungen, die man an einen Kandidaten für die Maske zu stellen hat. Danger war nachweislich eine Person ganz niederen Standes, und demgemäß gestaltete sich seine Behandlung im Gefäng= nisse. Saint=Mars traf nach seiner Einlieferung in Pinerolo (1669) die Anordnung, daß ein „cachot"

für ihn in Stand gesetzt werde, einer jener verliesartigen
Räume, in denen die Gefangenen geringen Standes
untergebracht würden oder die sonst in den „Zimmern"
untergebrachten Gefangenen nur dann, wenn sie eine
Disciplinarstrafe verwirkt hatten. Saint-Mars hielt
die Angelegenheit, um deretwillen Dauger nach Pinerolo
gekommen war, für so unbedeutend, daß der Gouverneur
vorschlug, Dauger zum Diener eines der Gefangenen
besseren Standes zu machen, und thatsächlich wurde er
im Jahre 1675 mit Genehmigung des Ministers Louvois
dem Oberintendanten Fouquet als Diener beigegeben;
er stand dadurch nicht nur mit Fouquet selbst in ständigem
Verkehr, sondern auch mit einem anderen Bedienten
des Intendanten, dem schon erwähnten La Rivière,
und durfte Fouquet auf seinen Spaziergängen innerhalb
der Citadelle begleiten. Nach dem Tode Fouquets
(1680) wurde Dauger zusammen mit La Revière wieder
in einen der „cachots" des unteren Turmes gesteckt,
und hier, wie später in Exiles und auf Sainte-Marguerite
wurden die Ausgaben für den Unterhalt Daugers auf
das Möglichste eingeschränkt. Im Jahre 1681 siedelte
Dauger mit Saint-Mars nach Exiles über, und von
hier kam er mit dem Gouverneur im Jahre 1687 nach
Sainte-Marguerite. Dieser Umstand, wie die vorher
aufgezählten Dinge sprechen durchaus gegen Dauger
als Kandidaten für die Maske, denn der spätere Maskierte der Bastille kam jedenfalls von Pinerolo direkt
nach Sainte-Marguerite und war nicht mit Saint-Mars
in Exiles, und was wir von seiner Behandlung noch
bei seinem Eintritt in die Bastille wissen, zeigt, daß
er nicht ein Gefangener gewesen sein kann, den man

damals oder vorher für so unbedeutend hielt, wie Dauger es allen Anzeichen nach in den Augen seines Kerkermeisters gewesen ist.⁶⁷) Es ist daher gar nicht daran zu denken, daß Dauger der maskierte Gefangene der Bastille gewesen sein könne, und da somit Dauger ebenfalls ausgeschieden werden muß, so ergiebt sich sozusagen mit mathematischer Gewißheit, daß Mattioli, der als Fünfter übrig bleibt, der spätere geheimnisvolle Gefangene der Bastille, „der Mann mit der eisernen Maske", gewesen ist.⁶⁸)

Mit dieser Lösung stimmt auch ganz ausgezeichnet die Thatsache zusammen, daß Ludwig XV. der Marquise von Pompadour, als sie, veranlaßt durch den Herzog von Choiseul, den König darum anging, ihr das Geheimnis der Maske zu enthüllen, den Bescheid gab, der geheimnisvolle Gefangene wäre der Minister eines italienischen Fürsten gewesen,⁶⁹) und ebenso die weitere Thatsache, daß Ludwig XVI., wie er der Königin Marie Antoinette mitteilte, von dem bejahrten Minister Maurepas, der die Sache noch von früher her wissen konnte, die Auskunft erhielt, der Gefangene wäre ein durch seine Neigung zur Intrigue gefährlicher Unterthan des Herzogs von Mantua gewesen, den man jenseits der Grenze aufgehoben und erst nach Pinerolo, dann in die Bastille verbracht hätte.⁷⁰) Beide Thatsachen, die glaubwürdig überliefert sind, können die Lösung „Mattioli" nur bestätigen.

Mattioli verblieb noch, wie das ausdrücklich bezeugt wird, bis zum Jahre 1694 in Pinerolo und kam dann wieder unter die Obhut seines ersten Kerkermeisters, Saint-Mars, welcher, wie früher erwähnt, im Jahre 1681 von Pinerolo als Gouverneur nach Exiles übergesiedelt war und seit 1687 auf Sainte-Marguerite den Posten des Gouverneurs bekleidete, nach eben dieser Insel. Von dem Augenblicke an, wo Mattioli nach Sainte-Marguerite kommt, wird Dieser, von dem noch in einem Briefe des Ministers Barbezieux an den Gouverneur La Prade in Pinerolo, datiert vom 27. Dezember 1693, d. h. wenige Wochen vor der Uebersiedelung Mattiolis nach Sainte-Marguerite, die Rede ist,[71]) in der Korrespondenz zwischen Barbezieux und Saint-Mars nicht mehr genannt, wohl aber spricht Saint-Mars von seinem „alten Gefangenen" gemäß einer von Barbezieux unterm 3. März 1693 erteilten Weisung, wonach Saint-Mars seine Gefangenen in der Korrespondenz nicht mehr mit Namen nennen, sondern durch andere Bezeichnungen kenntlich machen sollte,[72]) und der Minister wendet die gleiche Bezeichnung an, und damit wird nun deutlich genug ein Gefangener bezeichnet, den Saint-Mars schon in Pinerolo unter sich gehabt hatte, aber nicht in Exiles, und der nun wieder unter die Obhut des Gouverneurs zurückgelangt, mit anderen Worten also: Mattioli.

Im Jahre 1698 siedelte Mattioli mit Saint-Mars in sein letztes Gefängnis, die Bastille, über, wo er dann am 19. November 1703 nach 24jähriger Gefangenschaft sein trauriges Dasein beschloß, ein unglückliches Opfer der Eroberungspolitik Ludwigs XIV.

Die Behandlung des Gefangenen, die in der ersten Zeit, wo er des Oefteren zu Klagen Anlaß gab, sehr streng gewesen war, hatte sich bereits seit dem Jahre 1681, wo Casale wirklich an Frankreich fiel, gemildert, da mit diesem Ereignis ein Hauptmotiv des Grolles gegen Mattioli aus der Welt geschafft war, und mit der Zeit wurde die Behandlung noch weiter gemildert, sie war verhältnismäßig am mildesten in der Bastille, wie dies das Tragen der Maske und die dem Gefangenen erteilte Erlaubnis, die Messe zu besuchen, zur Genüge beweisen.[73] Auf der anderen Seite war der Respekt, mit dem man Mattioli wenigstens anfangs seinem Range und Stande gemäß begegnet war, immer mehr geschwunden und er war gleich Null von dem Tage, wo man nichts mehr darin fand, dem einstigen mantuanischen Staatssekretär in der Bastille zwei Personen niederen Standes zu Stubengenossen zu geben.[74]

Was man ursprünglich hatte geheim halten wollen, das war die Art und Weise gewesen, auf welche man sich Mattiolis bemächtigt hatte, aber im Laufe der Jahre hatte dies Geheimnis immer mehr an Bedeutung verloren.[75] So konnte man es auch ruhig geschehen lassen, daß der wirkliche Name des Gefangenen in das Totenregister von St. Paul, in das übrigens kein Unberufener so leicht Einsicht nehmen konnte, eingetragen wurde. Allerdings wurde der Name dabei in der verstümmelten Form „Marchioly" wiedergegeben, allein diese Verstümmelung wird leicht verständlich, wenn man berücksichtigt, daß die italienische Aussprache von „Marchioly" lauten würde „Markioly" und daß der Gouverneur Saint-Mars, der die Weisungen für die Abfassung des Totenscheins zu geben hatte, in seiner Korrespondenz fast immer den Namen des Gefangenen „Martioly" schrieb und nicht „Mattioli". Es kann daher keinem Zweifel unterliegen, daß der Totenschein den wirklichen Namen des maskierten Gefangenen ent=

hält. Uebrigens erfuhren auch die Namen der mitwirkenden Beamten, des **Majors Rosarges** und des **Chirurgen Reilhe**, eine unrichtige Wiedergabe („Rosage" und „Reglhe"), und man ersieht aus diesem allem, daß die Abfassung des Totenscheins von den Beteiligten als eine Formalität angesehen wurde, der sie nicht die geringste Bedeutung beimaßen. Auch bezüglich des Alters des Gefangenen lief ein Irrtum unter: nicht „45 Jahre oder ungefähr" war Mattioli alt, als er starb, sondern 63. [76)

Eine eigentümliche Fügung des Schicksals war es, daß gerade zur Zeit des Todes Mattiolis sein Landesherr, der Herzog von Mantua, als Gast Ludwigs XIV. in Paris eintraf, und während nun der Fürst, der entgegen seinen Pflichten, die Interessen seines Vaterlandes an Ludwig XIV. verkauft hatte (mit der 1681 wirklich erfolgten Auslieferung Casales hat es nicht sein Bewenden gehabt), den Mittelpunkt rauschender Feste, die ihm zu Ehren veranstaltet wurden, abgab, starb in derselben Stadt sein ehemaliger Minister, den der Herzog selbst seinerzeit in den Grafenstand erhoben und zum Senator ernannt hatte und den Ludwig XIV. einstmals auch glänzend bei sich aufgenommen hatte, fern von den Seinen, ein verlassener Mann, und nur zwei untergeordnete Beamte der Bastille waren es, die dem Verstorbenen in Erfüllung ihrer Amtspflicht das letzte Geleite gaben. [77)

Anmerkungen.

¹) Ein Plan des Schlosses aus dem Jahre 1789 ist der von R. Habs besorgten deutschen Ausgabe von Linguets Denkwürdigkeiten über die Bastille (Reclams Univ.-Bibl. 2121—25) beigegeben. (Ebendort S. 487 ff. hat der Herausgeber eine Studie über den „Mann mit der eisernen Maske" veröffentlicht, die einen allgemeinen Ueberblick über die Streitfrage bis zum Jahre 1885 giebt.) Das ausführlichste Werk über die Bastille ist: Bournon, La Bastille (Par. 1893). Weitere Literatur s. bei Funck-Brentano, Légendes et archives de la Bastille (Par. 1898).

²) Ueber Saint-Mars vgl. Topin, L'homme au masque de fer (6. Aufl., Par. 1883), S. 206 ff., Jung, La vérité sur le masque de fer (Par. 1873), S. 18 und S. 127 ff. und Bournon a. a. O. S. 90 ff. Die bei Jung a. a. O. S. 18 f. mitgeteilten Daten über den maskierten Gefangenen beruhen auf der Voraussetzung, daß derselbe mit einem gewissen Oldendorf identisch ist (vgl. hierüber im Text S. 26) und entsprechen nicht alle dem wirklichen Thatbestand.

³) S. das Citat aus du Juncas Tagebuch in der 5. Anmerkung, ferner den Brief des Gouverneurs Saint-Mars vom 6. Jan. 1696 an den Minister Barbezieux in der 18. Anm. Vgl. auch den Brief Palteaus (folgende Anm.), ferner zwei Briefe des Ministers Barbezieux an Saint-Mars vom 17. Juni und 19. Juli 1698 bei Emile Burgand u. Commandant Bazeries, Le masque de fer (Par. 1893), S. 164 u. 158 f.

⁴) Die Quelle für den Aufenthalt des maskierten Gefangenen in Palteau ist ein Brief eines Großneffen des Gouverneurs Saint-Mars, de Formanoir de Palteau, geschrieben unterm 30. Juni 1768 an Fréron, Herausgeber der „Année littéraire", und veröffentlicht in der Nummer vom 30. Juni 1768. In dem Briefe heißt es: „En 1698 M. de Saint-Mars passa du gouvernement des Isles Sainte-Marguerite à celui de la Bastille. En venant en prendre possession, il séjourna avec son prisonnier à sa terre de Palteau. L'homme au masque arriva dans une litière qui précédait celle de M. de Saint-Mars; ils étoient accompagnés de plusieurs gens à cheval. Les païsans allèrent au-devant de leur seigneur; M. de Saint-Mars mangea avec son prisonnier, qui avoit le dos opposé aux croisées de la salle à manger qui donnent sur la cour; les païsans que j'ai interrogés ne purent voir s'il mangeoit avec son masque; mais ils observèrent très bien que M. de Saint-Mars, qui étoit à table vis-à-vis de lui, avoit deux pistolets à côté de son assiette. Ils n'avoient pour les servir qu'un seul valet-de-chambre, qui alloit chercher les plats qu'on lui apportoit dans l'anti-chambre, fermant soigneusement sur lui la porte de la salle à manger. Lorsque le prisonnier traversoit la cour, il avoit toujours son masque noir sur le visage; les païsans remarquèrent qu'on lui voyoit les dents et les lèvres, qu'il étoit grand et avoit les cheveux blancs. M. de Saint-Mars coucha dans un lit qu'on lui avoit dressé auprès de celui de l'homme au masque." Funck-Brentano bemerkt in den „Lég. et arch." S. 92 zu diesem Berichte: „Ce récit est tout entier marqué au coin de la vérité. M. de Palteau, qui l'écrit, ne cherche à en tirer aucune conclusion. Il ne prend parti ni pour l'une

ni pour l'autre des hypothèses alors discutées pour expliquer l'identité du mystérieux inconnu. Il se contente de rapporter le témoignage de ceux de ses paysans qui virent l'homme masqué lors de son passage dans ses terres. **Le seul** détail de ce récit que nous puissions contrôler — ce détail est, il **est vrai**, caractéristique — **est celui du** masque noir dont parle M. de Palteau; il correspond exactement au masque de velours noir dont il est question dans le registre de Du Junca."

⁵) Etienne du Junca, zum Königsleutnant der Bastille am 10. Oktober 1690 ernannt, trat sein Amt am folgenden Tage an und starb am 29. September 1706 (s. Funck-Brentano, L'homme au masque de velours noir dit le masque de fer, in: Rev. hist. 56. Band, S. 256 [dieser Aufsatz wird fortan der Kürze halber citiert: „Rev. hist."]). Mit dem Tage seines Amtsantritts legte er ein Buch an, in das er alle ihm bekannt gewordenen Einzelheiten über den Eintritt der Gefangenen in die Bastille eintrug, und in einem anderen, einem Gegenstück zu dem ersten, verzeichnete er den Austritt der Gefangenen oder ihren Tod. Seine Aufzeichnungen reichen bis zum 26. August 1705 und sind eine der wertvollsten Quellen für die Geschichte der Bastille unter Ludwig XIV. Die beiden Bücher werden in der Arsenals-Bibliothek zu Paris aufbewahrt und gehören mit zu ihren wertvollsten Bestandteilen. (Vgl. Rev. hist. a. a. O. S. 254, 255, 256 und Funck-Brentano, „Légendes et archives" S. 86.) Unterm 18. September 1698 machte du Junca nun folgenden Eintrag: „Du judy, 18ᵐᵉ de septembre, à trois hures après midy, Monsieur de St-Mars, gouverneur du château de la Bastille, est arrivé pour sa première entrée, venant de son gouvernement des illes St-Marguerite-Honorat,

aient mené avec queluy, dans sa litière, un ensien prisonnier
quil avet à Pignerol, lequel il fet tenir touiours masqué,
dont le nom ne sedit pas, et laient fait metre en de sen-
dant de la litière dans la première chambre de la tour de
la Basinnière en atandant la nuit pour le metre et mener
moy mesme a neuf hures du soir, avec Mr de Rosarges, un
des sergens que Monsieur le Gouverneur a mené, dans la
troisième chambre, seul de la tour de la Bretaudière, que
j'aves fait mubler de touttes choses, quelques jours avent
son arivée, en aient reseu l'hordre de Monsieur de St-Mars,
lequel prisonnier sera servy et sounié par Mr de Rosarges,
que Monsieur le Gouverneur norira." Diese Stelle ist zu=
sammen mit der in der 8. Anm. über den Tod des Gefangenen
mitgeteilten zuerst im Jahre 1769 durch den Pater Griffet
in seinem „Traité des différentes sortes de preuves qui
servent à établir la vérité dans l'histoire" veröffentlicht und
seitdem vielfach abgedruckt worden. Faksimiles beider Stellen
finden sich bei Funck=Brentano, Légendes et archives, am
Schluß des Buches. Eine deutsche Uebersetzung s. bei Linguet=
Habs a. a. O. S. 488 f.

⁶) Gegenüber der in der 7. Anm. mitgeteilten Eintragung
du Juncas vom 30. April 1701 und den sich daraus er=
gebenden Schlußfolgerungen können die Notizen des Majors
Chevalier und die Angaben des Paters Griffet, denen, obwohl
sie aus späterer Zeit stammen, in der Regel ein gleicher Wert
wie dem Tagebuch du Juncas beigemessen worden ist, nur in
soweit in Betracht kommen, als sie sich mit jener Eintragung
du Juncas vereinigen lassen, vgl. Funck=Brentano,
Lég. et arch., S. 95. (Der Wortlaut beider Quellen ist u. A.
abgedruckt bei Funck=Brentano a. a. O. S. 93 ff. und
in der Rev. hist. a. a. O. S. 257 ff., die Notizen Chevaliers

f. auch bei Jung a. a. O. S. 54; über das Verhältnis der beiden Quellen zu einander ist mit Funck-Brentano, Lég. et arch., S. 95 zu sagen, daß Chevalier die Quelle Griffets ist und daß somit nicht zwei von einander unabhängige Quellen vorhanden sind, sondern nur eine einzige.) Man wird ohne Bedenken die Angabe Griffets, daß der Gefangene beim Gang zur Messe maskiert erschien, herübernehmen dürfen, jedoch allen anderen Angaben gegenüber, die von einer übertriebenen Geheimthuerei berichten, sich skeptisch verhalten müssen. Der Neuherrichtung des Zimmers des Gefangenen z. B., von welcher Chevalier berichtet, kommt, wenn die Sache überhaupt richtig ist, schwerlich eine besondere Bedeutung zu. Ueber die irrigen Folgerungen, welche Griffet aus den Angaben du Juncas gezogen hat, f. Loiseleur, Trois énigmes historiques (Par. 1883), S. 273 ff. Gegenüber den Angaben Linguets, die man öfter citiert findet, wird man sich ebenso zu verhalten haben wie gegenüber denen Chevaliers und Griffets.

[7]) Während bis vor Kurzem noch die in Anm. 5 und 8 mitgeteilten Stellen aus du Juncas Tagebuch als die einzigen galten, von denen du Junca von dem maskierten Gefangenen spreche, hat neuerdings Funck-Brentano eine bisher unbeachtet gebliebene Eintragung vom 30. April 1701 ausfindig gemacht und in einem „Nouveaux Documents sur la Bastille" betitelten Aufsatze, der in der Revue bleue vom 26. März 1898, S. 400 ff. erschienen ist, mitgeteilt. Diese Eintragung lautet: „Du samedi 30 avril, sur les neuf heures du soir, M. Aumont le jeune (ein Polizeioffizier) est venu, ayant amené et remis un prisonnier, le nommé M. Maranville, sous le nom de Ricarville, qui a été officier de guerre, mécontent, parlant trop et mauvais sujet, lequel jai reçu,

suivant les ordres du roi, expédiés par M. le comte de Pontchartrain (d. h. auf Grund einer vom Grafen Pontchartrain gegengezeichneten lettre de cachet); lequel jai fait mettre en compagnie, avec le nommé Tirmon, dans la seconde chambre de la tour la Bretaudière (d. h. in das Zimmer des 2. Stockwerkes des Turmes L. B.), avec l'ancien prisonnier, tous les deux bien renfermés (S. Rev. bleue a. a. O. S. 401 und Funck-Brentano, „Lég. et arch.", S. 95 f.) Mit dem „ancien prisonnier" ist der maskierte Gefangene gemeint, und der Wert der soeben mitgeteilten Notiz du Juncas über ihn wird so leicht nicht unterschätzt werden können; ist diese Notiz doch das einzige Dokument, das uns von dem geheimnisvollen Gefangenen aus der Zeit berichtet, die zwischen seinem Eintritt in die Bastille und seinem Tode lag. Funck-Brentano führt in der Rev. bleue a. a.' O. und „Lég. et arch." S. 96 ff. des Näheren aus, welche untergeordneten Persönlichkeiten die Stubengenossen unseres Gefangenen waren, und zieht aus dem Umstande, daß der letztere mit Jenen zusammengethan wurde, die im Texte mitgeteilten Folgerungen, welche sich mit zwingender Gewalt ergeben.

⁵) Unterm 19. November 1703 trug du Junca in sein Tagebuch ein: „Du mesme jour, lundy 19ᵐᵉ de novembre 1703, le prisonnier inconnu, toujours masqué d'un masque de velours noir, que Monsieur de St-Mars, gouverneur, a mené avec que luy en venant des illes Sainte-Marguerite, quil gardet depuis longtemps, lequel sétant trouvé hier un peu mal en sortant de la messe, il est mort se jour duy, sur les dix hures du soir, sans avoir eu unne grande maladie, il ne se put pas moins; M. Giraut, nottre homonier, le confessa hier, sur pris de sa mort; il n'a point reseu les

sacremens et nottre homonier l'a exorté un momant avend
que de mourir, et se prisonnier inconeu, gardé depuis si
lontamps, a esté enteré le mardy, à quattre hures de l'aprés
midy, 20me novembre, dans le semetière St-Paul, nottre
paroisse; sur le registre mortuel, on a donné un nom ausy
inconeu, que monsieur de Rosarges, major, et Arreil, sieur-
gien, qui hont signé sur le registre." Und am Rande bemerkt er hierzu: „Je apris du depuis con l'avet nomé sur
le registre Mr de Marchiel, que on a paié 40 livres dantere-
ment." Vgl. Anm. 5. Die Bezeichnung „prisonnier inconnu"
ist offenbar so zu verstehen, daß du Junca persönlich im
Augenblick, wo er seine Eintragung machte, den Namen des
Gefangenen nicht wußte, obwohl doch nach seiner Notiz vom
30. April 1701 (s. Anm. 7) der Gefangene durchaus nicht
mehr mit dem Geheimnis umgeben wurde, welches man früher
aufrecht zu erhalten für gut befunden hatte. Jedenfalls war
ihm diese Notiz nicht gegenwärtig, als er des Ablebens des
Gefangenen gedachte. Im Uebrigen sei daran erinnert, daß
du Junca als Königsleutnant, der rein militärische Funktionen
hatte, hinsichtlich des Lebens des Gefangenen und aller innerer
Angelegenheiten der Bastille durchaus nicht auf dem Laufenden
zu sein brauchte, da dies Sache des Majors der Bastille war.
Thatsächlich kam der Königsleutnant niemals in die Zimmer
des Gefangenen, und du Junca beklagt sich einmal darüber,
daß der Gouverneur ihm keinerlei Mitteilungen über Vorgänge im Innern der Bastille zukommen ließ. „Toujours
masqué" war der Gefangene für du Junca jedenfalls inso-
fern, als er Jenen nur zu sehen bekam, wenn er seine Zimmer
verließ, und als er dann immer die Maske vor hatte. (Ich
entnehme diese Erläuterungen einem Privatbriefe Funck-
Brentanos und glaube mit ihrer Wiedergabe etwaige Be-

denken, die sich aus dem anscheinenden Widerspruch in du Juncas Tagebuch ergeben, zu zerstreuen.)

Der Totenschein des Gefangenen lautete: „Le 19me, Marchioly, âgé de quarante-cinq ans ou environ, est décédé dans la bastile, du quel le corps a esté inhumé dans le cimetière de St-Paul, sa paroisse, le 20me du présent, en présence de monsieur Rosage (sic!), majeur de la bastile, et de Mr. Reglhe (sic!), chirurgien majeur de la bastile, qui ont signés. Rosarges, Reilhe." Das Original befand sich bis zum Jahre 1871 im Archiv des Pariser Stadthauses und ging bei der Feuersbrunst dieses Jahres mit zu Grunde. Glücklicherweise war ein Faksimile der englischen Ausgabe des Topinschen Buches (London 1870) beigegeben worden, das dann für die 5. Auflage der französischen Ausgabe und neuerdings für Funck-Brentanos „Légendes et archives" reproduziert worden ist, wo man es am Schlusse des Buches findet. Es verdient hervorgehoben zu werden, daß man früher allgemein las „Marchialy", wo in Wirklichkeit steht „Marchioly". Paul de Saint-Victor („Anciens et modernes", Par. 1886, S. 176) gebührt das Verdienst, die richtige Lesart zuerst festgestellt zu haben, vgl. Rev. hist. a. a. O. S. 301, Anm. 1.

9) Ueber diesen Abschnitt vgl. Topin a. a. O. S. 362 f., Jung a. a. O. S. 25 ff., Loiseleur, Trois énigmes historiques (Par. 1883.), S. 254 ff., und S. 288 ff., Rev. hist. a. a. O. S. 263 ff., Funck-Brentano, Lég. et arch., S. 99 ff.

10) Den einen Fall erwähnt du Junca selbst in seinem Tagebuch zum Jahre 1695. Es heißt dort: „Du mardy 15e de février, à dix henres du matin, un lieutenant et un commissaire des gallères avec trois hauquetons, hont amené un prisonnier (qui) est transféré de Marseille par ordre du

Roy, envoié par Monsieur de Pontchartrain; lequel prisonnier se nomme M. Gesnon Fillibert dans l'ordre du Roy, et con a amené dans un litière *et le visage quaché* (mitgeteilt von Bournon a. a. O. S. 159)." Im Uebrigen vgl. Rev. hist. a. a. O. S. 300, Anm. 5.

11) S. Riv. hist. a. a. O. S. 262, Anm. 4. Vgl. Funck-Brentano, Lég. et arch., S. 99.

12) Vgl. hierüber Loiseleur a. a. O. S. 289 f.

13) S. E. Bodemann, Aus den Briefen der Herzogin Elisabeth Charlotte von Orléans an die Kurfürstin Sophie von Hannover (Hannover 1891), II, S. 288 f. u. 293. Die dort mitgeteilten Briefe stellen das erste öffentliche Zeugnis vor, das bis jetzt über den maskierten Gefangenen bekannt geworden ist. Vgl. Funck-Brentano, Légendes et archives, S. 98, Anm. 1.

14) Es ist das zweifelhafte Verdienst Voltaires, zuerst dem Gefangenen im Jahre 1751 eine eiserne Maske angedichtet zu haben (vgl. im Text S. 19), nachdem dem Publikum durch einen im Jahre 1746 erschienenen Roman des Chevaliers de Mouhy, der betitelt war „Le masque de fer, ou les Aventures admirables du Père et du Fils", und der die weiteste Verbreitung fand, sich aber durchaus nicht auf den maskierten Gefangenen der Bastille bezog, die Idee beigebracht worden war, daß man Jemanden durch Anlegung einer eisernen Maske, die nie wieder abgelegt werden durfte, für immer unkenntlich machen könnte. Vgl. Jung a. a. O. S. 36 f. und Linguet-Habs a. a. O. S. 493 f.

15) S. Rev. hist. a. a. O. S. 264, Anm. 2.

16) „Il estoit traité avec une grande distinction par M. le gouverneur" heißt es auch bei Chevalier (vgl. Anm. 6),

allein diese Angabe entspricht keineswegs dem wirklichen That=
bestand.

¹⁷) Vgl Rev. hist. a. a. O. S. 262, Anm. 4, und
Jung a. a. O. S. 41.

¹⁸) In einem Briefe des Gouverneurs Saint=Mars, von
Sainte=Marguerite aus unterm 6. Januar 1696 an den
Minister Barbezieux gerichtet, heißt es: „Monseigneur, Vous
me commandés de vous dire commant l'on en euze quant
je suis apsent, ou malade, pour les visites et précautions
qui se font journellement aux prisonniers qui sont commis
à ma garde. Mes deux lieutenants servent à manger aux
heures réglées, ainsi qu'ils me l'ont vu pratiquer et que
je fais encore très souvent lorsque je me porte bien. Le
premier venu de mes lieutenants, quy prend les clefs de
la prison de mon *ensien prisonnier* (damit ist der spätere
maskierte Gefangene der Bastille gemeint), par où l'on com-
mence, il ouvre les trois portes et entre dans la chambre
du prisonnier, quy luy remet honnestement les plats et
assiettes qu'il a mis les unnes sur les autres, pour les donner
entre les mains du lieutenant quy ne fait que de sortir
deux portes pour les remettre à un de mes sergents, qui
les resoit pour les porter sur une table à deux pas de là,
où est le segond lieutenant qui visite tout ce quy entre et
sort de la prison, et voir s'il n'y a rien d'écrit sur les
vaisselles; et, après que l'on luy a tout donné le nécessaire,
l'on fait la visite dedans et dessous son lit, et de là aux
grilles des fenêtres de sa chambre, et fort souvent sur luy;
après luy avoir demandé fort civilement s'il n'a pas besoin
d'autre chose, l'on ferme les portes pour aller en faire tout
autant aux autres prisonniers." Der Brief ist zuerst durch

Loiseleur, Trois énigmes historiques (Par. 1888), S. 310 f., veröffentlicht worden.

¹⁹) S. Jung a. a. O. S. 40 u. 267, vgl. Rev. hist. a. a. O. S. 265, Anm. 3.

²⁰) S. Jung a. a. S. 40.

²¹) Die Anekdote in dieser Form geht auf Voltaires „Siècle de Louis XIV." zurück. Sie ist u. a. abgedruckt bei Jung a. a. O. S. 48, in der Rev. hist. a. a. O. S. 265, bei Funck-Brentano, Lég. et arch., S. 100 f.

²²) Die Anekdote wird in dieser Form in der „Histoire générale de Provence" des Paters Papon (Par. 1778) überliefert. Sie ist u. a. abgedruckt bei Jung a. a. O. S. 39 f., in der Rev. hist. a. a. O. S. 265, bei Funck-Brentano, Lég. et arch., S. 101.

²³) Nämlich in seinem bereits öfter citierten, zuerst im Jahre 1870 erschienenen Buche „L'homme au masque de fer", S. 10 ff.

²⁴) Wir kommen weiter unten auf diese Frage zurück.

²⁵) „Oeuvres complètes de Voltaire (Edit. de Lahure)", Par. 1872, XII., S. 326 f. Die Stelle ist u. a. vollständig wieder abgedruckt bei Topin a. a. O. S. 14 ff., bei Jung a. a. O. S. 47 f., und in der Rev. hist. a. a. O. S. 266, ein Teil bei Funck-Brentano, Lég. et arch., S. 103. Eine gute, leicht lesbare Uebersetzung von Voltaires „Zeitalter Ludwigs XIV." ist von R. Habs in Reklams Univ.=Bibl. (Nr. 2271—2278) erschienen.

²⁶) A. a. O. I., S. 253.

²⁷) S. Voltaire, Dictionnaire philosophique (mit dem die „Questions" verschmolzen waren), Ausg. von 1771, S. 375 f. Die Stelle ist u. a. abgedruckt bei Topin a. a. O. S. 14 f. Vgl. noch Jung a. a. O. S. 9.

²⁸) Vgl. Jung a. a. O. S. 96.

²⁹) Vgl. Jung a. a. O. S. 104 ff.

³⁰) S. „Mémoires du maréchal de Richelieu (London 1790)", Bd. III., S. 74—113. Der angebliche Bericht des Gouverneurs Saint=Mars ist wieder abgedruckt bei Topin a. a. O. S. 16 ff., eine deutsche Uebersetzung des ganzen Berichts s. bei Linguet=Habs a. a. O. S. 508 ff. Vgl. noch Rev. hist. a. a. O. S. 269 und Funck=Brentano, Lég. et arch., S. 104. Die Idee, daß der maskierte Gefangene ein Zwillingsbruder Ludwigs XIV. gewesen wäre, ist von Alexandre Dumas in seinen Roman „Le Vicomte de Bragelonne" verwoben worden und hat den Stoff zu einem Drama „Le Masque de fer", verfaßt von Fournier und Arnold, das im Jahre 1831 am Odéon=Theater zu Paris mit großem Erfolg aufgeführt worden ist, hergeben müssen. Vgl. Topin a. a. O. S. 19 und Rev. hist. a. a. O. S. 270.

³¹) „Souvenirs du baron Ch.-H. de Gleichen, précédes d'une notice par M. Paul Grimblot", Par. 1869, S. 46 ff. (Die im Jahre 1847 zu Leipzig gedruckte deutsche Ausgabe des Buches habe ich nicht einsehen können.) Der Baron Gleichen war im Jahre 1733 geboren, war dänischer Gesandter in Spanien und Frankreich und starb 1807. Vgl. Rev. hist. a. a. O. S. 268 und Funck=Brentano, Lég. et arch., S. 104 f.

³²) S. Rev. hist. a. a. O., insbesondere Anm. 3, und vgl. Funck=Brentano, Lég. et arch., S. 105 f.

³³) Vgl. über den folgenden Abschnitt Topin a. a. O. S. 71 ff., Jung a. a. O. S. 61 ff., Rev. hist. a. a. O. S. 269 ff. und Funck=Brentano, Lég et arch, S. 106 ff.

³⁴) Vgl. oben S. 18 f.

³⁵) Der vollständige Bericht der „Mémoires" über den Grafen von Vermandois, der erste gedruckte über den maskierten Gefangenen, ist u. a. abgedruckt bei Topin a. a. O. S. 75 ff. und bei Jung a. a. O. S. 33 ff. Eine deutsche Uebersetzung s. bei Linguet-Habs a. a. O. S. 490 ff. Die Hypothese „Graf von Vermandois" ist nach dem Vorgange der „Mémoires" noch vertreten worden von Fréron (1768), dem Pater Griffet (1769) und von einem Unbekannten, der im Jahre 1789 eine Schrift veröffentlichte: „Histoire du fils d'un Roi, prisonnier à la Bastille, trouvée sous les débris de cette fortresse." Uebrigens hielten auch die Offiziere der Bastille diese Hypothese für richtig, s. Rev. hist. a. a. O. S. 272 und Funck-Brentano, Lég. et arch., S. 107.

³⁶) Außer Lenglet-Dufresnoy haben noch Legrange-Chancel (1759) und Anquetil (1789) diese Hypothese vertreten.

³⁷) Vgl. Jung a. a. O. S. 64 und Rev. hist. a. a. O. S. 272, Anm. 3—5.

³⁸) S. Lair, Nicolas Fouquet (Par. 1890), II., S. 472.

³⁹) Ueber Taulès vgl. Topin a. a. O. S. 171 ff., Jung a. a. O. S. 109 f., Rev. hist. a. a. O. S. 273, Anm. 5. Ueber die Schicksale Avedicks vgl. Topin a. a. O. S. 184 ff.

⁴⁰) Loiseleur hat die Frage in der „Revue contemporaine" vom Juli-August 1867, S. 193 ff. und in der gleichen Revue vom 15. Februar 1870 behandelt und seine Ausführungen in den „Trois énigmes historiques" (vgl. Anmerkung 6) wieder abgedruckt. Seine Widerlegung s. bei

Topin a. a. O. S. 335, Anm. 2, und bei Jung a. a. O. 110 ff.

⁴¹) Vgl. Anm. 2.

⁴²) S. Lair a. a. O. S. 538 f. Noch vor Lair hat Loiseleur eine Widerlegung der Jungschen Hypothese in „Temps" vom 1. und 2. März 1873 veröffentlicht. Vgl. Rev. hist. a. a. O. S. 276, Anm. 2 und 3.

⁴³) S. Rev. hist. a. a. O. S. 275 und 282 f.

⁴⁴) S. Lair a. a. O. S. 475 ff.

⁴⁵) S. „Storia della città di Pinerolo" (Pinerolo 1893), S. 444 ff. Vgl. Rev. hist. a. a. O. S. 276, Anm. 4.

⁴⁶) S weiter unten im Text S. 37.

⁴⁷) S. Emile Burgaud et Commandant Bazeries, Le masque de fer, Paris 1893.

⁴⁸) Es handelt sich um zwei von Bulonde unterzeichnete Quittungen, deren Wortlaut im „Univers" vom 9. Januar 1895 abgedruckt ist.

⁴⁹) Als Kuriosum mag an dieser Stelle noch erwähnt werden, daß ein Herr Anatole Loquin sogar den Dichter des „Tartufe" in dem maskierten Gefangenen hat erkennen wollen. Loquin trat mit seiner Hypothese zuerst im Jahre 1883 unter dem Pseudonym „Ubalde" hervor („Le Secret du Masque de fer, étude sur les dernières années de la vie de J.-B. Poquelin de Molière (1664—1793) par Ubalde. Bordeaux et Orléans 1883") und hat für das Jahr 1898 das Erscheinen eines neuen Buches unter seinem wirklichen Namen und unter dem Titel „Molière à Bordeaux vers 1647 et en 1658, avec des considératiⁿns nouvelles sur ses fins dernières à Paris en 1673 .... ou, peut-être, en 1703" angekündigt. S. hierüber Rev. hist. a. a. O S. 268 f. und Funck-Brentano, Lég. et arch., S. 108. — Als weiteres Kuriosum

sei noch erwähnt, daß man auch Frauen unter der Maske vermutet hat, s. Rev. hist. a. a. O. S. 269.

⁵⁰) Vgl. über den folgenden Abschnitt Topin a. a. O. S. 303 ff., Jung a. a. O. S. 65 ff., Loiseleur a. a. O. S. 229 ff., Rev. hist. a. a. O. S. 282 ff., Funck-Brentano, Lég. et arch., S 111 ff.

⁵¹) Wir kommen weiter unten auf den Urheber der Hypothese zu sprechen.

⁵²) S. Topin a. a. O. S. 276 ff., und dagegen Rousset, Historie de Louvois, III. (6. Aufl., Par. 1879), S. 106 f., Loiseleur a. a. O. S. 231. Vgl. Rev. hist. a. a. O. S. 289.

⁵³) „Il faudra que personne ne scache ce que cet homme sera devenu", s. Topin a. a. O. S. 371.

⁵⁴) Der Brief ist durch Topin a. a. O. S. 346 veröffentlicht worden.

⁵⁵) Jahrg. 1770, Bd. VI, 1. Teil, S. 132 ff. Nach Jung a. a. O. S. 67 und Rev. hist. a. a. O. S. 283, Anm. 2, ist der Brief wieder abgedruckt worden im „Journal de Paris", Jahrg. 1779, 22. Dez.

⁵⁶) Nach Rev. hist. a. a. O. S. 283, Anm. 3 findet sich der Bericht über den mantuanischen Minister im 3. Bande (Leyden 1687) S. 42 ff.

⁵⁷) Den vollständigen Bericht s. Rev. hist. a. a. O. S. 283, Anm. 4.

⁵⁸) Näheres hierüber s. bei Jung a. a. O. S. 68 ff. Auch bei Linquet-Habs a. a. O. S. 500 f. findet man die Vertreter dieser Hypothese aufgezählt.

⁵⁹) J. Loiseleur hat sich in diesem Sinne hervorgethan, s. „Trois énigmes hist.", S. 235 ff.

⁶⁰) S. Jung a. a. O. S. 87 ff.

⁶¹) Es handelt sich um den wiederholt citierten Aufsatz in der Rev. hist. a. a. O. S. 253 ff. Ergänzt wird er durch d n ebenfalls schon citierten Artikel in der Revue bleue a. a. O. S. 400 ff. und durch das Kapitel „Le masque de fer" in „Lég. et arch." S. 87 ff. Ein Auszug aus dem erstgenannten Aufsatze ist im Novemberheft des Jahrganges 1894 der „Deutschen Revue" erschienen.

⁶²) S. Lair a. a. O. S. 537.

⁶³) Nämlich von Jung (s. a. a. O. S. 83 und 88), Lair (s. a. a. O. S. 478) und Carutti (s. a. a. O. S. 454). Eine Depesche des Ministers Louvois an Saint-Mars vom 9. Juni 1681 (veröffentlicht bei Delort, Histoire de l'Homme au masque de fer [Par. 1825], S. 270) befiehlt dem Letzteren, „les *deux prisonniers* de la Tour d'en bas" mit sich nach Exiles zu nehmen. Der Minister bestimmt dann weiter: „*Le reste des prisonniers* qui estoient à vostre garde, lesquels doivent rester dans la citadelle de Pignerol", und schließlich heißt es: „Le sieur du Chamoy a ordre de faire payer deux écus par jour pour la nurriture de *ces trois prisonniers.*" Damit ist die Zahl Fünf gegeben. Dieser Sachverhalt erhält seine Bestätigung durch einen Brief des Gouverneurs Saint-Mars an den Abbé d'Estrades am 25. Juni desselben Jahres, als er sich anschickte, von Pinerolo nach Exiles überzusiedeln (die Uebersiedelung wurde indessen dann hinausgeschoben). Dort heißt es: „J'ai reçu hier seulement mes provisions de gouverneur d'Exiles .... j'aurai en garde *deux* merles que j'ai ici, lesquels n'ont point d'autres noms que messieurs de la Tour d'en bas; *Mattioli* restera ici *avec deux autres prisonniers.*" Auch hier handelt es sich also im Ganzen um fünf Gefangene. S. Rev. hist. a. a. O. S. 294, Anm. 1.

⁶⁴) S. Lair a. a. O. S. 479.

⁶⁵) S. Rev. hist. a. a. O. S. 294, Anm. 3.

⁶⁶) S. Jung a. a. O. S. 288 f.

⁶⁷) S. Rev. hist. a. a. O. S. 278 ff. und 296 f. und Funck-Brentano, Lég. et arch., S. 110 f.

⁶⁸) Wenn man davon ausgeht, daß der spätere maskierte Gefangene sowohl in Pinerolo als auch auf Sainte-Marguerite unter der Hut des Gouverneurs Saint-Mars gestanden hat, aber nicht mit Saint-Mars nach Exiles übergesiedelt ist, so kann man den Beweis auch folgendermaßen führen: Von den fünf Gefangenen, die sich in Pinerolo zur Zeit des Fortganges des Gouverneurs Saint-Mars befanden, müssen die zwei ohne weiteres ausscheiden, die er mit nach Exiles genommen hat, es sind das Dauger und La Rivière. (S. Rev. hist. a. a. O. S. 279 und 295.) Unter den drei Zurückgebliebenen ist der Maskierte zu suchen, und da nun der Jakobiner 1693 starb und Dubreuil 1697, so muß der übrig bleibende Mattioli der spätere Maskierte der Bastille gewesen sein.

⁶⁹) Der Vorfall, dessen Gewährsmann der Herzog von Choiseul selbst ist, wird berichtet in Dutens' „Correspondance interceptée" (London 1789), S. 26 f. und in den „Mémoires d'un voyageur qui se repose (Par. 1806)", II. S. 207 f. Vgl. Rev. hist. a. a. O. S. 302, Anm. 2, und Funck-Brentano, Lég. et arch., S. 120.

⁷⁰) Die Quelle hierfür sind die „Mémoires sur la vie privée de Marie-Antoinette (Paris 1822)", I., S. 106 f., deren Verfasserin, Madame de Campan, erste Kammerfrau der Königin war. Vgl. Rev. hist. a. a. O. S. 303, Anm. 1, und Funck-Brentano, Lég. et arch., S. 120 f.

⁷¹) S. Jung a. a. O. S. 269, vgl. Rev. hist. a. a. O. S. 296.

[72]) S. Rev. hist. a. a. O. S. 296 f.

[73]) Mattioli gehörte in der Bastille entschieden zu denjenigen Gefangenen, die als „renfermés" bezeichnet wurden und die eigentlich ihr Zimmer überhaupt nicht verlassen durften. Gleichwohl gestattete man ihm, sein Zimmer zeitweise zu verlassen, aber er mußte dabei die Maske anlegen. S. Funck-Brentano, Lég. et arch., S. 116, Anm. 1). Die Maske war „ein Palliativ, dazu bestimmt, die Menschlichkeit mit den reglementarischen Forderungen der Bastille zu vereinigen (s. Loiseleur a. a. O. S. 318)." Daß das Reglement unter besonderen Umständen auch sonst durchbrochen wurde, beweist die oben berichtete Thatsache, daß Mattioli zeitweise sein Zimmer mit Andern teilen mußte.

[74]) Vgl. Funck-Brentano, Lég. et arch., S. 115 f.

[75]) S. vor. Anm.

[76]) Vgl. Rev. hist. a. a. O. S. 301 f. und Funck-Brentano, Lég. et arch., S. 119 f.

[77]) Vgl. Topin a. a. O. S. 373 f.